2.ª edición

el Buen

LOBITO

Nadia Shireen

CUBILETE

¿Estáis todos sentaditos y cómodos? Muy bien, ¡vamos a empezar! Había una vez…

… dos grandes amigos: la Abuelita y el Buen Lobito.
—¡Pero qué lobito más bueno eres! —le decía siempre ella.
Al Buen Lobito le encantaba ser bueno.

Le gustàba preparar postres RIQUÍSIMOS.

Sieeeempre se comía TODA la verdura.

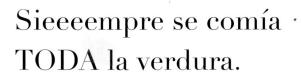

Y se portaba GENIAL con sus amigos.

Pero la Abuelita también solía decirle
al Buen Lobito que no TODOS los lobos
eran tan buenos como él. Según ella,
algunos lobos eran MALOS de verdad.

El Buen Lobito esperaba no toparse JAMÁS
con uno de esos lobos malos, pero…

—Vaya, vaya…, ¿qué tenemos aquí?
—sonrió el Lobo Malo enseñando
TODOS los dientes.

»Te pareces MUCHO a un lobo…

»Tienes PELO de lobo…

»HUELES a lobo...

—¡Pues claro, porque SOY un lobo! —chilló
el Buen Lobito, asustado—. ¡Soy un lobito MUY bueno!

—¿En serio? —el Lobo Malo levantó una ceja—.
¡Los lobos de verdad NO somos buenos!
¡Los lobos de verdad somos MALOS!

»Los lobos de verdad le aullamos
a la luna —siguió el Lobo Malo—.
Los lobos de verdad derribamos casas
a soplidos. Los lobos de verdad
NOS COMEMOS a la gente…

—¡Yo soy un lobo de verdad!
¡Y seguro que también
puedo hacer TODAS esas cosas!
—replicó el Buen Lobito.

Esa noche, el Buen Lobito decidió aullarle a la luna.

Frunció el morro con mucho cuidado,
cogió aire y soltó un magnífico... silbidito

—¿Te importa si derribo tu casita
a soplidos? —le preguntó
al día siguiente a uno
de los Tres Cerditos.

—¡Ji, ji! Puedes intentarlo…
—le respondió el cerdito.

El Buen Lobito sopló
y sopló…

… y sopló y sopló…

… pero la casita NO derribó.

—Lo siento, Buen Lobito
—se compadeció el cerdito.

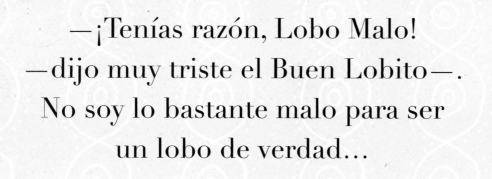

—¡Tenías razón, Lobo Malo!
—dijo muy triste el Buen Lobito—.
No soy lo bastante malo para ser
un lobo de verdad…

—Bueno, todavía puedes hacer
UNA COSITA para demostrar
que eres un lobo de verdad…
—se relamió el Lobo Malo.

Al ver a la Abuelita en peligro,
el Buen Lobito notó una sensación rarísima.

Algo muy extraño y FEROZ
empezó a crecer y a crecer dentro de él…

¡El Buen Lobito nunca
se había sentido TAN lobo!

¡AAUÚÚ

ÚÚÚÚÚÚÚÚÚÚÚÚÚÚÚ!

—¿Lo ves, Lobo Malo?
¡Soy un lobo de verdad!
Lo que pasa es que
también soy BUENO
—dijo el Buen Lobito
muy orgulloso.

—¡Esto hay que celebrarlo! —exclamó la Abuelita, y los tres disfrutaron de una merienda deliciosa.

—¿Dejarás de comerte a la gente, Lobo Malo? —le preguntó el Buen Lobito.

—Oh, supongo que sí... —sonrió el Lobo Malo.

»¡… aunque eso será MAÑANA!

1.ª edición: 2013
2.ª edición: 2014

Coordinadora de la colección: Ester Madroñero

Título
original: *Good Little*
Wolf, publicado por primera vez
en el Reino Unido por Jonathan Cape, un
sello de Random House Children's Publishers
UK, una compañía del Grupo Random House
© Texto y dibujos: Nadia Shireen, 2011 / © Grupo Editorial
Bruño, S. L., 2013 / Juan Ignacio Luca de Tena, 15; 28027
Madrid / Dirección Editorial: Isabel Carril / Coordinación
Editorial: Begoña Lozano / Edición y adaptación: Cristina
González / Preimpresión: Equipo Bruño / Diseño del
logotipo de la colección: Gerardo Domínguez
ISBN: 978-84-216-8965-3
D. legal: M-34796-2012

Para mi madre y en memoria de mi padre. Con amor, x